SV

Bodo Kirchhoff

Gegen die Laufrichtung

Novelle

Suhrkamp Verlag

Erste Auflage 1993

Druck: Pustet, Regensburg
Printed in Germany

Gegen die Laufrichtung

Der Entlassene, ein nicht mehr junger Mann von Anfang dreißig, begibt sich vom Gefängnis am Rande der Stadt zu einem Café im Zentrum, dem Ort, an dem sein Verbrechen geschah, als er nämlich einen Mann erstach, den die Frau, an die der Entlassene immer noch denkt, eine Ärztin, ihm, der ein bekannter Tennisspieler war, plötzlich vorgezogen hat. Auf dem Rücken einen jener damals gerade wieder in Mode gekommenen Beutel-für-alles, geht er an diesem Septembervormittag durch eine beglückende Wärme: für ihn die erste Sonne in Freiheit seit dem Jahr, in dem Gorbatschow Honecker fallen ließ und Becker die US-Open gewann, für andere, die nie ein Verbrechen aus Leidenschaft begangen haben, die letzten noch spendablen Strahlen vor den Wochen des Nebels. Die milde Luft krönt seine Entlassung; ein Grund mehr, daß ihn die veränderte Silhouette der Stadt – man denke nur an den Messeturm – völlig unberührt läßt. Er ist ganz mit der wiedererlangten Freiheit beschäftigt, etwa sich auf ein Stück Rasen zu legen, zu schlafen, oder in die nächstbeste Toilette zu gehen, ein Wort an die Wand zu schreiben, das ihn seit Beginn seiner Haftzeit verfolgt. Erst als er die Grünanlagen im Bankengebiet überquert, um so sein Ziel, den Opernplatz, zu erreichen, durchdringt etwas diese Fülle der Freiheit, die er sich eintausendeinhundert Tage lang ausgemalt hat. Der Entlassene sieht die Süchtigen. Wie der Rest einer geschlagenen Armee drängen sie sich in einer Umfriedung, die einst für Schachspieler angelegt wurde, viele mit hängenden Hosen, im weißen Bein die Nadel. Obwohl es Hunderte sind, geht es leise zu, ein leises Handeln, Weinen, Kotzen. Der Entlassene läuft jetzt rascher; er zieht eine Baseballkappe aus den Zeiten seines Erfolgs ins Gesicht, damit ihn kein ehemaliger Mithäftling erkenne, und fängt dann an zu rennen, so gut er noch rennen kann, bis er an den Ort gelangt, den er zuletzt als vierundsechzigster der Weltrangliste betrat und nun, sehr wahrscheinlich, als zehntausendster wiederbetritt, eben den Platz bei der Oper, angeblich einzige Perle der Stadt, nüchtern gesehen kaum weniger abstoßend als alle übrigen Plätze. Noch außer Atem setzt er sich an einen Tisch vor dem Operncafé, genau neben den, an welchem die Tat geschah – der Tisch selbst ist von einer rauchenden Frau im Mantel belegt –, und verlangt, was er auch damals als erstes verlangt hat, Mineralwasser, bevor er die Frau im Mantel nach der Zeit fragt, um eine noch mit anderen persönlichen Dingen in dem Beutel verwahrte Uhr zu stellen. Es ist elf.

Der Entlassene behält die Kappe auf. Zusätzlich trägt er eine Sonnenbrille, obwohl die Gefahr, erkannt zu werden, hier geringer ist als in der Nähe der Süchtigen; wie eine Walze über ein Steinchen ist selbst die Geschichte des Tennis über den vierundsechzigsten Platz der Weltrangliste des Jahres 89 hinweggerollt. Zwar hat er im Gefängnis, am Anfang, Zeitung gelesen und dabei verfolgt, wie sein Land wieder eins wurde, doch immer die Sportseiten überblättert und nie die Übertragung eines Spiels angesehen: sie ist für ihn vorbei, diese Freude, sie ist so fern wie die Frauen. In seiner besten Zeit – fast wäre er, auf Sand, in das Finale von Paris eingezogen – stieß er wie von selbst zu den Frauen, und nun fürchtet er sie. Am meisten fürchtet er die Ärztin, auch wenn sie nichts weiß von der frühen Entlassung; keiner weiß davon etwas, nicht einmal seine Mutter, die sich schon neben der Herzogin von Kent gesehen hatte, als er in Wimbledon in die Vorrunde kam. Der Kellner, mit Zöpfchen, bringt das Wasser, der Entlassene trinkt einen Schluck. Dann schaut er zu der Frau im Mantel. Sie raucht noch immer und hat jetzt ein Buch auf dem Schoß, offenbar einen Bildband über die Alpen; sie blättert darin und behält unterdessen – Variante zwei – die Zigarette im Mund. Eine Botschaft? Wie ihm Frauen in Hotelhallen Botschaften sandten, Indian Wells, Hyatt, oder war's Tokio, das

Hilton, als er, im Gefolge anderer, Mecir, Lendl, Cobb, wie mit sich selbst verwechselt angezwinkert wurde. Er erinnert sich nicht mehr genau, nur eine Narbe ist da noch, 2:6, 1:6, gegen Lendl. Auf jeden Fall fürchtet er auch diese Frau, trotz ihrer harmlosen Beschäftigung, die ihm aber nicht harmlos erscheinen will. Frauen mit roten Nägeln wandern nicht, denkt er, sie amüsieren sich höchstens über Leute, die wandern, wandern tun nur die Finger der Frau, sie wandern über die Seiten des Buchs, sie streichen am Papierrand entlang, sie spielen mit den Ecken, krümmen sie etwas und glätten sie wieder, er möchte wegschauen, aber schafft es nicht, da müßte er schon die Augen zukneifen, nur fehlt ihm auch dazu die Kraft; als die Frau aufblickt, setzt er die Kappe ab. Sein Haar ist grau, und im Gegensatz zu früher trägt er es kurz. Man war gewohnt, ihn mit Stirnband spielen zu sehen, einem leuchtenden Tuch, unter dem dunkle Büschel hervorquollen; nach jedem Satz knüpfte er es neu und provozierte Gegner und

Schiedsrichter durch die Langsamkeit seiner Gebärden. Der Entlassene stützt das rasierte Gesicht in die Fäuste. Seine Oberlippe, drei Jahre lang von Bart bedeckt, schimmert wie die Haut eines Kindes. Dann, endlich, so, als müsse er jedes Wort in der Ferne entziffern, spricht er die Frau am Nebentisch an. Klettern Sie denn? Die Frau drückt ihre Zigarette aus. Auf vierzig schätzt der Entlassene sie und wird nicht erfahren, ob das stimmt. Er wird bloß erfahren, daß die Frau als Kind ein Korsett trug und bei einer Tante aufwuchs; dieser Tante schien sie mißgebildet, und aus der Mißgebildeten, die keine war, wurde eine seismographische Raucherin. Wie meinen Sie das? fragt sie zurück.

Der Entlassene sucht nach Worten. Er will sagen, daß ihn ihr Interesse an einem Bildband über Gebirge auf die Idee gebracht habe, sie könne Bergsteigerin sein, obwohl sie gar nicht wie eine Bergsteigerin aussehe, wobei er zugeben müsse, daß er kein festes Bild von Bergsteigerinnen besitzt, nur von Männern, die Berge bezwingen, doch statt dessen zieht er die Brauen hoch und kränkt damit die Frau im Mantel. Sie, die bei ihrem Rauchen schon Mühe hat, die Wohnung im dritten Stock zu erreichen, fühlt sich auf den Arm genommen und kann dem Entlassenen (der ihr etwas gestrig erscheint) nur sagen, daß sie bezweifle, daß er nicht wisse, wie er seine Frage, ob sie denn klettere, gemeint habe, womit ein erster, kleiner Knoten zwischen ihr und ihm geknüpft ist.

Während sich beide nun einander zudrehen, erreicht die Sonne die vorderen Tische; der Entlassene schließt die Augen. Er weiß wirklich nicht, wie er die Frage gemeint hat und wird an seine letzten Stunden mit einer Frau erinnert, wenn das überhaupt Stunden waren, ein- oder eineinhalb Stunden waren das, an einem späten Nachmittag, die Ärztin hat ihn noch einmal in ihrer Westendwohnung empfangen, er hat sie angefleht, mit ihm zu schlafen, er, dem junge Mädchen während eines Turniers schon einmal Nacktfotos zuspielten mit einer Telefonnummer auf dem Po, bettelte da, so muß man es sagen, um einen Fick, und die Ärztin rief, Na schön, was nicht etwa hieß, daß sie ihm dieses Erbettelte auch gewährt hätte, sie gewährte ihm nur eine Art Waschung, in deren Verlauf er jedoch nichts vermißte, außer einem verzückten Entgegenkommen, das sie ihm früher beschert hatte; sie erleichterte ihn mehr oder weniger, wobei sie, mit diesem Weniger, weit mehr als seine Tropfen ans Licht brachte: einen Mangel an Stolz, und das nur zwei Stunden bevor er sie, ihr Rennrad schiebend, mit dem neuen Begleiter über den Opernplatz gehen sah. Der Entlassene bereut es, diesen Menschen, Galeriebesitzer, im Bruchteil einer Sekunde erstochen zu haben, noch immer kann er sich die Tat nur als Reflex erklären, gleich einer traumhaften Bewegung am Netz; kein Psychologe ist dieser Erklärung gefolgt. Er hört, wie die Frau im Mantel ihr Glas absetzt, er fürchtet, sie könnte gehen, und schaut auf. Sie zieht den Mantel aus: Eigentlich sieht man mir an, daß ich nicht klettere –

sie legt den Bildband auf den Stuhl an ihrer Seite. Der Entlassene weiß nicht weiter; wie ein Unbefugter kommt er sich jetzt vor unter all den Menschen an diesem Montag, die nie einen Mord begangen haben. Ich wollte Sie nicht kränken, aber Ihre Augen strahlten beim Blättern. – Das kann nur an der Sonne liegen, entgegnet die Frau. Ihre Augen strahlen bestimmt auch.

Meine Augen? Der Entlassene nimmt die Brille ab, nun ganz auf seine Augen setzend, Augen mit etwas matten Lidern, aufregend gewöhnlich, nach Ansicht der Ärztin, wie diese Augen aus dem Tatortvorspann; die Frau am Nebentisch kann jedenfalls nicht zum Kletterthema zurückkehren. Sie öffnet eine Aktentasche, sie entnimmt ihr Notizen für ein Gutachten, sie erscheint dem Entlassenen jetzt als Journalistin, gerissen genug, mit einem Gebirgsbuch falsche Fährten zu legen, und eilig sagt er, Sie verwechseln mich, was zu der Frage führt, die auf der Hand liegt, wenn der Dialog nicht einschlafen darf, Mit wem sollte ich Sie verwechseln? Der Entlassene hat darauf keine Antwort. Er trinkt einen Schluck, er hört sein Herz; zwei Männer mit bunten Krawatten schauen zu ihm, sie haben den früheren Tennisspieler erkannt, er erinnert sich wieder an den Triumph in den Augen der Leute, wenn die Entfernung zu dem bekannten Gesicht auf einmal so klein ist, daß man in dieses Gesicht spucken könnte, und überraschend für ihn selber, nennt er seinen Namen, Jonas, als sei die Frage damit beantwortet, er also die Verwechslung in Person, inständig hoffend, daß es keinen anderen, mit dem sie ihn verwechseln könnte, gebe, auch wenn es den bekanntlich immer gibt. Zweiter Knoten.

Der Entlassene war ein begabter Tennisspieler, der zu wenig trainierte. Seine Schläge waren die Rückhand, eher unterschnitten denn überrissen, ein nie ganz harter, dafür sehr genauer, den Gegner weit aus dem Feld zwingender Aufschlag, dem meist ein Volley in die andere Ecke folgte, sowie der unerwartete Stoppball. An guten Tagen schaffte er es, auch den schnellsten Bällen alle Kraft zu nehmen und sie hinter dem Netz wie Steine aufs Feld fallen zu lassen, wahrscheinlich entsprach dieser Schlag am ehesten seinem Charakter; Jonas wußte auch die Kraft der Frauen für sich zu nutzen, indem er dieser Kraft nichts entgegensetzte, die Frauen mit dem eigenen Schwung ins Stolpern gerieten. Nur seine Ärztin nicht, die Ella, Urologin. Immer wieder wollte er diesen Namen abschütteln, unmöglich. Die Ella, das saß. Wie eine Erlösung darum, als nun auch die Frau am Nebentisch ihren Vornamen nennt, Christine.

Christine? Er kannte die eine oder andere Christine, aber keine mit Aktentasche, gebildet, vermutlich, ihm überlegen, auch wenn sie jetzt, wie die anderen, gewöhnlichen Christinen etwas nicht findet in dieser Tasche, in der doch dieses Durcheinander zu herrschen scheint wie in jeder Frauenhandtasche. Nie hat er das verstanden, weshalb Frauen immer so einen Abfall mit sich herumtragen müssen, überholte Lottoscheine, leere Kugelschreiber, alte Strafzettel, alte Bonbons, alte Briefe, Schachteln ohne Inhalt, Gummibändchen; wie sie das bloß aushalten, dieses ewige Suchen in ihren Taschen, er hielte das nicht aus: immer das Eigentliche nicht finden; Jonas sieht zu den Männern mit den bunten Krawatten. Natürlich haben die ihn erkannt, ihn, der nie ganz oben war, trotz Begabung, warum, konnte keiner erklären, erst die Tat schien allen eine Antwort, aber sie hatte mit Jonas' Spiel nur im technischen Sinn zu tun, es war sein Schlagarm, der an dem Abend das Messer beschleunigte, dieser Arm, mit dem er gegen die Besten verlor, er wußte, warum. Um die niederzumachen, hätte er acht Stunden schlafen müssen, nur schlief er damals keine fünf, und wenn er dann aufwachte, war's oft zu spät zum Trainieren; in jedem Fall kämpfte er auf Tennisplätzen immer auch gegen die Müdigkeit, ja, manchmal schien es, als kämpfe er zuallerletzt gegen den Gegner, ein Wunder, daß er doch so viele bezwang, rasch oder gar nicht. Selten überstand Jonas mehr als zwei Sätze, oft humpelte er vorzeitig vom Platz, angeblich wegen Krämpfen, wer weiß, ob diese Dramen vergessen sind, die Männer mit den bunten Krawatten erinnern sich bestimmt noch daran. Kennen Sie die zwei? fragt Christine, und er schüttelt den Kopf. Aber die schauen beide so – Christine flüstert auf einmal –, die sind vielleicht schwul … Schwul? Jonas kann sich das nicht vorstellen, Christine muß lachen. Sie deckt ihre Notizen zu, sie nimmt sich eine Zigarette; das Gutachten, das kann sie auch noch am Nachmittag schreiben, dann hätte sie jetzt Zeit zum Reden, später muß sie nur telefonieren. Ihre Tante liegt im Krankenhaus, sie liegt seit Tagen im Koma.

Warum lachen Sie? fragt Jonas. – Ich, hab gelacht? Christine bläst Rauch in die Luft, Jonas atmet ihn ein; plötzlich hat er es auf der Zunge, zu sagen, wer er ist, das heißt, wer er war, auf dem Höhepunkt seiner Laufbahn, im Halbfinale von Paris. Da war er gegen Cobb, Mitte des dritten Satzes, in der Form seines Lebens, drauf und dran, ins Endspiel eines Grand Slam-Turniers vorzustoßen, und zum ersten Mal kam er an bei den Leuten, sie riefen Jonas, Jonas, wie sie sonst nur Henri, Henri riefen und bei den US-Open: Jimbo, Jimbo. Nach seiner Niederlage saß er dann in den Katakomben und weinte, aber lieber war er dort oder auf dem Feld unglücklich als irgendwo anders, da wußte man, woher das Unglück kam, von dem 6:2, 6:3, 3:6, 6:7, 0:6, wie es nach der Schlacht gegen Cobb hieß. Später, im Gefängnis, schien es von überall und nirgends zu kommen, wie die winzigen roten Ameisen auf dem Boden der Zelle; Abend für Abend lag Jonas auf seinem Bett und sah ihnen zu, Abend für Abend schlief er darüber ein. Wenn Sie wissen wollen, was ich am liebsten mache, sagt er zu Christine, schlafen, und sie gibt ihm das Wort schlicht zurück. Schlafen, erwidert sie und nicht etwa: So, schlafen ... was Jonas zur Wahrheit ermutigt. Und früher war ich Tennisspieler. Christine lacht zum zweiten Mal; Muß man Sie kennen? Jonas schweigt. Er kneift die Augen zu, um diesem Wunsch vorzubeugen: von ihr geliebt zu werden. Dann will er sagen, Muß man nicht, aber ein sorgfältig gekleideter Herr tritt an den Tisch, verbeugt sich vor Christine. Eine Sekunde lang zögert der Herr, etwas vorzubringen, ein Zeitraum, in dem Jonas aufstehen, davonlaufen will, bis ihm einfällt, daß er noch nicht gezahlt hat, also am Tage der Entlassung mit dem Gesetz in Konflikt käme, und er zu den Männern, die ihn erkannt haben, schaut, während der sorgfältig gekleidete Herr sagt, er habe hier ein Buch liegenlassen, einen Bildband über die Dolomiten, und Christine neben sich greift, ihm das Buch mit einem Bitte hinhält. Der Herr nimmt es entgegen, Christine sagt, sie habe darin geblättert, schönes Buch, schöne Bilder, leider sei sie nie in der Gegend gewesen, worauf ihr der Herr rät, dort einmal zu wandern; er empfiehlt ein Albergo, er notiert die Adresse, Jonas möchte ihn treten, Christine dankt für den Tip, der Herr verabschiedet sich. Jonas sieht ihn weggehen, gefolgt von den Männern mit den bunten Krawatten, als seien sie im Bunde mit ihm. Die beiden schauen sich noch einmal um, sie scheinen ihn bestens zu kennen, ja, vielleicht sind es sogar zwei, die damals hier saßen, an dem Abend, als die Ella mit dem Galeriebesitzer auftauchte; weiß man's?

Er hätte auch kaum für möglich gehalten, was dieser andere schon alles wußte, während sie zu dritt ihren Hunger stillten, Wolf hatte eingeladen, bürgerlich Wolfgang, Arbeitsessen mit Ballkünstler, nannte er das. Erst als er Bemerkungen über seine intakte Prostata machte, die doch bei jüngeren schon vergrößert sein könne, und Ellas Zeigefinger küßte, wußte Jonas Bescheid, konnte den folgenden, kleinen Sätzen entnehmen, wie gut die zwei sich bereits kannten, wie sehr die Methoden der Urologin schon die des Galeristen geworden waren, und griff nach dem Steakmesser, nicht in der Absicht zu töten, bloß diesen Bemerkungen ein Ende zu setzen, das zu schaffen, wie er gegen den großen John in Melbourne ein Break geschafft hat, und stieß es in die Brust des Galeristen, ansatzlos, wie man im Tennissport sagt, worauf dieser stöhnte und ein Schwall von Blut aus seinem Mund kam, bevor er zu Boden glitt, immer noch stöhnend, während er, Jonas, sich umsah, in der aberwitzigen Hoffnung, es gebe keine Zeugen der Tat, wobei sein Blick auf die Uhr am Zürichhochhaus fiel, und die zeigte neun; Jonas dreht sich um nach dem Hochhaus, Viertel nach zwölf ist es, sieht er und spricht es wie ein die Freiheit des Lesens erfahrendes Kind vor sich hin, Viertel nach zwölf ist es, worauf Christine sagt, Dann muß ich jetzt telefonieren. Sie steht auf, sie zögert, sie läßt ihre Tasche – Geschenk jenes anderen, den es immer gibt – zurück. Ich werde noch da sein, versichert ihr Jonas. Und ich mich eilen, erwidert Christine; dritter Knoten.

Jonas, allein. Die Hände zwischen den Knien, sieht er über den Opernplatz, wo man ihn festnahm; nur einen einzigen Vorsatz hatte er für den Tag seiner Freilassung: an diesen Ort zurückzukehren, als sei nichts geschehen, wie er auch, jeder Furcht trotzend, einen Center Court wieder betrat, auf dem er gescheitert war. Schaut man ihn an? Er weiß es nicht. Nur was treiben die Leute dann hier auf dem Platz? Menschen, wohin er sieht, als stehe ein Endspiel bevor, Menschen, die nichts zu tun haben an einem Montag, irgend etwas muß in den letzten Jahren geschehen sein mit denen, eine Art Allianz scheint sie zu einen, gegen andere, diesen Platz ihnen streitig machende Menschen; soll das Land denn jetzt nicht zugemacht werden, oder was hört man – die Welt ist voll von Armen, die Armen wollen hierher, am liebsten auf den Opernplatz, da haben sie im Winter die U-Bahnstation und im Sommer den Brunnen, dann muß man nur Schilder aufstellen, Das Anzünden von Ausländern ist polizeilich verboten, aber die lassen sich sogar einsperren, bloß um hier sein zu können, er hat sie getroffen, rumänische Betrüger, türkische Diebe, polnische Schieber, freundliche Leute im Grunde, sollen sie doch bleiben; Jonas weiß nicht, daß er verliebt ist. Er mag die Fremden, er mag diesen Ort, er mag auch das Haus mit den Wabenfenstern, auf dem Mövenpick steht, ja mag selbst die Ansässigen, wie sie auf eisenbeschlagenen, kleine Schüsse abgebenden Schuhen an ihm vorbeiparadieren, Richtung Westend, wo ihre Büros sind, als zögen sie in eine Schlacht, jeder gegen jeden, das Haar straff zurückgekämmt und im Nacken, wie auf höhere Weisung, zum Schwänzchen gebunden. Nichts stört ihn in dieser Minute, alles hat seinen Sinn, sogar das Gesicht auf der Titelseite des Spiegels, den jemand am Nebentisch liest, immer noch dieser riesige Kanzler mit der undeutlichen Frau. Jonas hat im vergangenen Jahr keine Zeitung mehr angerührt und, wie ein Terrorist die Nahrung, auch Fernsehen verweigert, es genügte ja nicht mehr, den Sportteil zu überblättern oder sich totzustellen während einer Turnierübertragung, längst war Tennis in die Tagesschau gerutscht, und man konnte erleben, wie sie jetzt in den Pausen Bananen verdrückten, bis der von oben Time murmelte und sie noch rasch am Bändel für die Aidshilfe zupften. Also diesen Riesen gibt es immer noch, hat der denn gar keine Krankheiten, kein leidendes Herz, keine Fettleber? Ist der womöglich gesünder als er, der im Gefängnis schon einmal keuchte, wenn's die steilen Treppen hinaufging, dachte, welchen Platz auf der Liste der Sterblichen er denn wohl einnähme, wie viele noch vor ihm dran wären. Immerhin traf es inzwischen auch Sportler, von einem Magic Johnson, Basketballer, hatte das ganze Gefängnis gesprochen, selbst dieser Kerl wie ein Baum wird früher oder später eingehen, klapperdürr verrecken. Jonas hat sie gesehen auf der Krankenstation, ihre Blicke auszuhalten war weiß Gott etwas anderes, als für sie ein Bändchen zu tragen; er schaut sich um, wo bleibt Christine?

Jonas weiß nicht, was er tun soll in den nächsten Minuten, gehen, bleiben, kämpfen, Christine bitten, daß sie ihn mag? Keiner kann sagen, wohin das führt; sind alle Frauen gleich, ist jede Frau anders? Seine Urologin, die Ella, war nur zu erschüttern, wenn man ihr die Luft aus dem Rad ließ, jedenfalls schrie sie da lauter als beim Stich in die Brust ihres Liebhabers. Jonas empfand kein Mitleid mit ihm, er empfand Mitleid mit sich. Als der Fall Jonas aus den Schlagzeilen verschwand, war er von aller Welt verlassen; er kehrte zum Mittagsschlaf seiner Kindheit zurück, träumte, anfangs noch von einem Platz unter den Ersten Zehn, er gewann Wimbledon, die Herzogin von Kent nahm ihn beiseite, später liefen alle Träume nur noch auf das häßliche Wort hinaus. Jonas ahnt, daß da etwas nicht stimmt mit ihm, wie mit Leuten, die nur ans Geld denken, er kann dieses Wort nicht bezwingen, klein und rauh hört es sich an und bezwingt ihn. Er will sein Glas leeren, er stößt es fast um: Christine kommt, sie wechselt mit all ihren Sachen, Mantel Tasche Zigaretten, den Tisch, offenbar hat sie geweint, Jonas sieht sie an, entschlossen, sein Leben zu wagen. Da ist ein

Wort, an das ich immerzu denken muß. Christine fragt, Welches, Jonas schweigt, und da bittet sie ihn um das Wort, und er spricht es, fast atemlos, aus. Vierter Knoten.

Christine hat mit dem Arzt der Tante gesprochen. Sie könne im Moment nichts tun, hat der Arzt ihr gesagt, sie könne die Tante nur ansehen, am Nachmittag solle sie noch einmal telefonieren; Christine schüttelt sich bei dem Gedanken, Jonas entschuldigt sich für das Wort, Nein, sagt Christine, es ist etwas anderes, dieses Wort macht mir nichts aus, wir können darüber reden, laß mir nur Zeit. Sie steckt sich eine Zigarette an, und Jonas, beglückt über das halbe Du, versäumt es, ihr Feuer zu geben; in seiner Vorstellung entsteht ein eindringliches Bild: Christine als Inkarnation von Ella, nur frei von deren Fehlern. Denn sie, die Ärztin, dachte, ohne besonderen Egoismus, vor allem an sich; regnete es und sie hatte einen Schirm dabei, nützte sie diesen Schirm nur zum eigenen Vorteil, ohne ihm, Jonas, im geringsten schaden zu wollen, aber er liebte das, darauf hereinzufallen, so wie er auf Ellas Teint hereinfiel, der ihn an die Herzogin von Kent denken ließ. Dabei ist Ellas Haut von dieser Blässe, die man vergebens als nobel anzupreisen versucht, das sagte sein Vater, der kurz darauf starb; mit keinem hat er je über sich und Ella gesprochen, eine Wunde muß man bedecken, sonst kommen die Fliegen. Christine fühlt diesen Mull, sie ahnt das Loch darunter. Dich verfolgt kein Wort, sagt sie, dich verfolgt ein Mensch. Sie rückt etwas näher, sie fragt nach seiner Tenniszeit, Wie war das?

Jonas schüttelt den Kopf: nicht zu erklären. Es gab Zeiten, da war das Beste am Tennis das Netz, Gitter zwischen ihm und dem Gegner, fern war der dann, ferner als die Zuschauer; Leute, die vorn in den Logen saßen, über ihn sprachen, mochte er nicht, er mochte nur die auf den Rängen, gab sich für sie sogar Mühe, kämpfte auch manchmal, ganz in sich selbst gekehrt, sein eigener Idiot, kein Vorbild. Aber genau das mußt du sein, forderte die Ella von ihm, Vorbild, dann mögen sie dich. Die Ella war die erste in seinem Leben, die von ihm etwas forderte, sie forderte seine Wachheit, seine Zeit, seine Teilnahme am Davis Cup, seinen Samen, ja, sie verlangte von ihm, daß er mehr über sich in Erfahrung bringe, aber die eine Hälfte der Dinge, die auf einen zutreffen, erfährt man sowieso nie, und von der anderen Hälfte weiß man nur selbst etwas, das hat ihn seine Bekanntheit gelehrt; er bat sie, in Ruhe gelassen zu werden, worauf sie ihm vorhielt, seine einzige Verbindung zur Welt seien diese kleinen gelben Bälle, die er übers Netz schlage und zurückerhalte. Und im übrigen: bis zum vierundsechzigsten Platz der Weltrangliste sei er sich selber nützlich, danach, bei jedem Versuch, weiter nach vorn zu rücken, stehe er sich nur noch im Weg. Trotzdem erreichte er das Halbfinale von Paris, wo er auf Cobb traf, das große zähe Baby, wie die Ella ihn nannte, sommersprossig, halslos, Linkshänder, ein Amerikaner, der ihn regelmäßig aus Turnieren warf. Jonas hatte Angst vor Cobb, und Jonas hatte Angst vor jedem Foto, das diese Angst festhielt, dazu die Qual nach einer strittigen Entscheidung, einem gutgegebenen Ball von Cobb, den Jonas im Aus sah, dem sonst verhaßten Aus, das seine Bälle oft anzuziehen schien und in dem Fall ein Freund war, wie der Tod ein Freund sein kann, ein Freund, der ihm nichts nützte, der ihn verriet und Cobb den Punkt gab, worauf ihm das große zähe Baby womöglich den Aufschlag abnahm und schließlich gewann, wie in Paris. Dennoch stand Jonas, als Halbfinalist, gut da nach dem Spiel, Agenten von Firmen, Trainern und Managern hefteten sich wie Geckos an ihn, aber Jonas trainierte sich selbst und duldete nur das Emblem einer einzigen Firma auf seiner Kleidung, sie stellte Kinderspielzeug her, Steckbausteine, etwas, das er mochte, als sei er selbst nur zusammengesteckt; so floß ihm etwas Geld zu, eine Summe, die sich während seiner Haft vermehrt hat: Jonas hat keine Geldsorgen. Das sagt er wörtlich zu Christine, Ich habe keine Geldsorgen, und fügt hinzu, daß er nicht irgendein Tennisspieler war, im Gegenteil. Ich gehörte zu den hundert Besten. Bis dieser Mensch, der mich verfolgt, eine Ärztin, auftauchte. Kadaverliebe war das, sagt er; hätte sie mich gebeten, in Wimbledon mit der linken Hand zu spielen, ich hätt es versucht.

Jonas verstummt. Er spürt Christines Zweifel. Oder warum raucht sie sonst langsamer? Aber selbst die Wärter, die ihn ja kannten, waren überfordert mit dem Gedanken: daß dieser Häftling schon den Rasen von Wimbledon verwüstet hatte, sie waren eben kleinlich, wie alle Wärter. Solange sein Name im Players' Guide stand, begegneten sie ihm noch mit Achtung, baten sogar um Autogramme, kurze Zeit später war einer von ihnen schon bereit, auf einen Satzgewinn gegen den Wimbledonspieler zu wetten, und Jonas war wieder Mensch, Insasse wie die anderen; Nacht für Nacht lag er wach und verwechselte Unglück mit Geilheit, immer mehr breitete sich das häßliche Wort in ihm aus. Jonas will endlich ins Reine kommen mit diesem Wort, ich war im Gefängnis, will er Christine gestehen, doch da revoltieren seine Därme. Er muß aufs Klo, also Christine allein lassen, jetzt, wo sie sich zu ihm gesetzt hat, für ein paar Minuten jede Möglichkeit aufgeben, sie am Gehen zu hindern, und natürlich wüßte sie, was er in diesem Zeitraum, den er während der Haft zu verkürzen gelernt hat, machte, und also gebrandmarkt kehrte er zurück an den Tisch. Oder sollte er auch sagen, ich muß telefonieren, aber mit wem? Alle alten Verbindungen waren dahin, selbst die zu seinen Doppelpartnern, auch wenn die ihm geschrieben hatten, von Key West in sein Gefängnis, kaum lesbar natürlich, in ihrer Art, den eigenen Namen auf hingestreckte Papiere zu schmieren, Spiel gegen die Mauern, Jonas, mach weiter, Wimbledon will still exist in four years. Der Kellner kommt an den Tisch, Christine bestellt sich Carpaccio, der Kellner beugt sich herab, er zieht Luft in die Nase, er macht eine Bemerkung über Christines Parfum, Ich hatte es auch schon, sagt er, als sei es passé. Jonas steht auf, er mag diesen Mann nicht, Christine scheint ihn zu kennen; der Kellner beugt sich noch tiefer zu ihr, und Jonas eilt ins Innere des Operncafés. Er eilt hinunter zu den Toiletten, er riegelt sich ein.

Jahrelang hat er sich den ersten Schiß in Freiheit vorgestellt, die Zeit, die er sich nehmen würde, die Reinigungen danach, und nun hockt er hier, in der Hand eine zur Neige gehende Rolle, den Blick auf der Uhr: Christine wird weg sein, wenn er zurückkommt, es gibt jetzt Wichtigeres auf der Welt als einstige Sportgrößen; Jonas weiß, daß sich die Welt in den letzten Jahren verändert hat, aber in welche Richtung? Nach einiger Zeit ohne Geliebte, die ihm die Welt immer nahegebracht hatten, erreichten ihn von der Welt nur noch Bruchstücke und mischten sich zu neuen Geschichten. Da zog Gorbatschow auf Reagans Ranch, und das englische Königshaus löste sich auf, während Deutschland zum Kontinent schwoll und das Kabinett, in Berlin, aus immer mehr

Frauen mit immer längeren Namen bestand; weil die Welt ihn nicht mehr kennt, kennt Jonas die Welt nicht mehr. Noch einmal schaffen seine Därme, er krümmt sich, und im nächsten Moment: ein kurzer, pfählender Schmerz, er kennt das; seit einem Freiluftturnier, Hamburg, Rotherbaum, Eiseskälte im Juni, und man war noch nicht dazu übergegangen, diese knallige Spielerwäsche zu tragen, plagt es ihn immer wieder da unten. Kaum zu Hause, ging Jonas zum Arzt, Westendadresse, nur war dann das Problem nicht mehr die Prostata, sondern die Urologin, wer rechnet da schon mit einer Frau; die Untersuchung sollte schmerzhaft sein, doch ihn beschäftigte nur, welchen Anblick er böte. Ganz schön weich da drin, war Ellas erster Kommentar, mit ihrer schwebenden, nie ganz sachlichen Stimme, Wie ein alter Tennisball. Und dann verlor sie kein Wort mehr über sein Leiden, streifte den Gummi ab und kam auf ihre Interessen, Radfahren, Malerei, Kongresse. Sie sprachen über Sport und Ästhetik, sie sprachen über die Einsamkeit in Hotelzimmern, und noch immer kein Schmerz. Von all den Frauen, die Jonas begegnet sind, hat keine so sanfte Finger besessen; wie ein Billett bekam er am Ende das Rezept zugesteckt, mit einer Einladung zur Nachuntersuchung. Er lernte Ellas Ultraschallgerät kennen, später ihren Kreis, Leute, die zwar wußten, wer er war, die Nummer vierundsechzig, Tennisspielen aber als drittrangige Beschäftigung ansahen. Alle schienen sie durch etwas verbunden, das bedeutender war, als Bälle zu schlagen, während es in seiner Umgebung nur um Training, Dollars und Ernährung ging. Eine Bande Halbwüchsiger, sagte Ella, die aus sämtlichen Himmelsrichtungen anfliegt, sechs Tage lang einander mit Bällen beschießt, Publikum und Schiedsrichter bedroht, Huldigungen und Schecks entgegennimmt und sich wieder davonmacht. Daß diese Kerle nicht stehlen und morden, liegt nur daran, daß ihnen die Zeit dazu fehlt! Jonas säubert sich und betet, er betet, Christine möge noch da sein. Hastig wie ein Kind zieht er sich an, hastig wäscht er sich die Hände und sieht sein Gesicht. Jonas sieht Jonas, einen Mann weder alt noch jung, einen Alterszwitter: schöne erloschene Augen, müde entsagende Wangen; die rechte Hand, längst nicht mehr schwielig, richtet noch den Kragen von neunzehnhundertneunundachtzig, bevor er die Treppen hinaufläuft. Jonas läuft durchs Café und glaubt seinen Namen zu hören, er stürzt ins Freie und sieht, daß Christine noch da ist. Und so behutsam, als könne der Stuhl unter seinen Wünschen einbrechen, setzt er sich zu ihr.

Christine raucht. Sie weiß, daß Rauchen zum Tode führt, aber Nichtrauchen führt auch zum Tode, nur etwas später und auf weniger unangenehme Weise, wobei dies keineswegs erwiesen ist. Oder stirbt die Tante, die weder geraucht noch getrunken hat, heiter? Christine schafft es nicht, ins Krankenhaus zu fahren. Vor zwei Wochen hat sie es noch geschafft, der Tante die Nägel zu kürzen, danach war ihr Mitleid erschöpft. Sie schlägt ein Bein übers andere, sie schließt die Augen; sobald sie an dem Vormittag die Augen schließt, spinnt sie sich in ein Netz von Problemen. Wie organisiert man eine Beerdigung? Wann dieses Gutachten schreiben, wenn nicht jetzt? Wie die Pflege der Tante bezahlen, falls nötig, wie den Haß auf sie verlieren; was tun, wenn Jonas den Arm um sie legte? Unbewegt, bis auf ihr Rauchen, sitzt Christine in der Mitte dieses Netzes, Spinne und Beute. Seit du nicht mehr Tennis spielst, was hast du da gemacht? fragt sie im Plauderton. Ich? War im Gefängnis, sagt Jonas. Warum? Hast du gestohlen? – Schlimmer. – Fahrlässige Tötung? – Schlimmer. – Soll das eine Drohung sein? – Eine Auskunft. Christine greift nach einer neuen Zigarette. Ach so. Sie verzögert das Entzünden, Jonas fällt ein, daß man Frauen Feuer gibt. Er nimmt ihr das Feuerzeug aus der Hand, er weiß nicht, wie man es benutzt. Einfach nur drücken, sagt Christine, bevor sie Und warum nun? ruft, Was hast du verbrochen?, während Jonas einfach nur drückt; erst beim dritten Mal kommt das

Flämmchen, Zeit genug, sich eine Lüge auszudenken. Kokainschmuggel. Er spürt, daß ihn die Wahrheit weniger unsympathisch gemacht hätte, Totschlag aus Eifersucht, das kann jedem passieren. Christine schüttelt den Kopf, Du hast doch beim Tennis verdient oder doch nicht? Jonas hebt matt die Hände, er denkt an seine Schlacht gegen Cobb, nach der er nicht mehr derselbe war, an eine vergebene Rückhand, vierter Satz, siebtes Spiel, die Cobb das Break brachte; ein einziger Ball hat dieses Halbfinale, hat sein Leben entschieden, jene Rückhand, die hätte er durchziehen müssen, Von Tennisspielern, sagt Jonas, kann man dreierlei lernen: Vergessenkönnen, Schlafenkönnen, Fleiß. Ich vergaß nichts, ich schlief schlecht, ich war faul. – So einer sollte kein Sportler werden, sagt Christine. Ich wurde dann ja auch Schmuggler, erwidert Jonas. Und wo hast du geschmuggelt, wo hast du gesessen? Christine muß gähnen, sie verpaßt es, sich den Mund zuzuhalten, Jonas sieht ihre Zunge; er ahnt, daß sie Einzelheiten über ein Martyrium erwartet, über Jahre zwischen Ratten und Mördern, nur saß er in einer ordentlichen deutschen Anstalt, mit rüdem Ton zwar, aber jeder Form von Hygiene, dazu Seelsorge, Bildungsmaßnahmen und Fernsehen. Das war in Mexiko, sagt er, ich wurde da auch verurteilt. Ich saß drei Jahre unter Mexikanern. Jonas merkt, daß ihm alles fehlt, diese Tortur auch nur anzudeuten, während Christine schon sagt: Und in der Zeit hast du mit Männern geschlafen. Sie lacht; ein Mensch, der aus der Bahn geworfen wurde, ein Mann, der im Gefängnis saß, einer, der das Lieben verlernt hat, das fällt in ihr Ressort. Nein, nie, murmelt er; seine Antwort kommt prompt. Jonas wird rot. Er sagt die Wahrheit. Christine preßt die Hände zusammen. Mann, o Mann, flüstert sie und drängt ihn, über diese Ärztin zu sprechen, die ihn verfolge: ob er die geliebt habe, oder sei das nur eine Passion gewesen? Jonas zögert, er weiß nicht, was sie meint mit Passion, meint sie, er habe da nur gelitten, gelitten hat er sicher viel, aber er hat sich auch nie so entleert wie in den Händen der Ella, darüber mag er bloß nicht reden, er schweigt, und Christine kommt auf das Gefängnis zurück: Da hast du also widerstanden. Ihr Kompliment, wenn es eins war, macht Jonas verlegen, Oder hätte ich sollen? Christine sieht ihn an. Sie erwidert, Nein, er erwidert, Gut; ihr Theaterflüstern, sein Gefängnismurmeln, fünfter Knoten.

Passion war das nicht, sagt Jonas beinahe, nur konnte mich ein Wort von ihr kleinkriegen, ein einziges Nein; Jonas bewegt jetzt die Lippen, wie gut er das alles noch weiß, nein, sagte die Ella auf dieselbe Art wie Christine, o nein, und meinte das Gegenteil, ja, er hat das noch im Ohr oder wo man so etwas bewahrt, wie sie dieses Nein hervorblies, wenn er zwischen ihren Brüsten kam, was gar nicht seine Sache war, sie wollte das, sehen, was da zu sehen war, wie es in Schüben von ihm zu ihr überging. Nur ein paarmal haben sie zusammen geschlafen, ihr schien dieser Weg eine Form der Verschwendung, alles, was sich ihren Augen entzog, schien ihr verschwendet, Jonas nahm es schließlich so hin, wie er es hinnahm, gegen Lendl spielen zu müssen, wie er es hinnimmt, daß Christine ihn ausfragt – eine Hand auf dem Mund, schaut er an ihr vorbei. Auf dem Platz jetzt kleine Gruppen, Pärchen, Kinder, dazwischen Akrobaten, Musikanten, als werde ein Fest gefeiert, von dem er nichts weiß; wie soll er noch die Wahrheit sagen? Damals, am Nebentisch, gab es doch nur den Gedanken, diesen anderen auszuschalten, wie man einen Gegner in letzter Not abschießt. Er nimmt die Hand vom Mund, Christine sieht ihn an, als wüßte sie alles, und Jonas sagt, Diese Jahre im Gefängnis waren hart, obwohl auch das nicht ganz stimmt; seine Gelenke haben sich erholt, und etwas Französisch kann er jetzt auch.

Ein wenig, sagt Christine, könne sie das Gefängnis nachempfinden, denn als Kind sei sie in ein Korsett gesteckt worden, sinnloserweise. Und sie erzählt von ihrer Tante, nicht der Tante im Koma, sondern von der gesunden, schrecklichen Tante, die ihr jeden Morgen das Korsett anlegte, die dunklen Riemen strammzog. Ohne diese Frau, sagt Christine, säße ich nicht hier, um ein Gutachten über einen Sorgerechtsfall zu schreiben, ja, ich wüßte gar nicht, was Sorgerechtsfälle sind, ich wäre Tänzerin geworden, aber für ein Mädchen mit krummem Rücken kam nichts in Frage, bei dem sie hätte gerade stehen müssen, nur mit verbogenen Menschen reden, das blieb. Christine weint um ein Haar, sie macht von dem Korsett eine Skizze, einen kleinen tragbaren Käfig deutet sie an – Schade um mich, denn ich war ein schönes Mädchen, aber keiner konnte es sehen –, und Jonas schwört, sie sei immer noch schön, so wie sie da sitze, und nun sehe es einer. Christine nickt, sie verschlingt das; gleichzeitig sagt sie, Mensch, Mensch, wie ausgehungert du sein mußt, und berührt Jonas' Hand. Offenbar weiß sie, welche Gefahr darin liegt, einem Ausgehungerten feste Nahrung zu geben, ihr Finger schwebt mehr über der entwöhnten Hand, als daß er sie streichelt, Jonas kann nicht darüber hinwegsehen. Er sieht Christines Schwäche für seine Schwäche, ein Haus, das er bewohnen könnte, er kommt noch einmal auf das Wort zurück – es auszusprechen sei im Grunde leicht –, er dreht die Hand etwas, er zeigt sie von der besseren Seite, er hat vergessen, daß Liebe schwierig ist. Christine winkt dem Kellner, sie erkundigt sich nach dem Carpaccio, der Kellner schlägt sich an die Brust, Wollen Sie etwas dazu trinken, fragt er, und Christine bestellt das Carpaccio ab, Waren Sie nicht Tennisspieler, sagt der Kellner zu Jonas und schaut, als wisse er genau, wer da sitzt: ein entlassener Totschläger. Jonas will aufstehen, Christine hält ihn am Arm, Also noch immer bekannt, flüstert sie, Ihr Stern ist nicht untergegangen, und Jonas, erschrocken über das wiederauferstandene Sie, sieht auf die Uhr – bald ist es drei, seine kritische Zeit, zwischen drei und halb vier verlor er fast jedes Spiel, nun sollte er die Wahrheit sagen, an diesem Tisch habe ich einen Mann totgestochen. Christine bittet um Feuer, sie neigt sich nach vorn, sie verharrt in der Haltung, ihr Stirnhaar fällt auf Jonas' Hand, und er erzählt ihr die Wahrheit, soweit er sie kennt.

Christine bleibt ruhig, sie unterbricht ihn kein einziges Mal, sie winkt nur den Kellner noch einmal heran, Jonas kann nicht verstehen, warum sie so ruhig bleibt: als seien solche Taten an der Tagesordnung; So war's, endet er, als der Kellner am Tisch steht. Christine bestellt sich Kaffee, der Kellner sieht zu Jonas, Und? fragt er, werden Sie noch einmal spielen? Statt zu antworten, packt Jonas die Arme des Kellners, zieht sie langsam nach unten und biegt dessen ganze Gestalt, es wundert ihn, wieviel Kraft er noch hat, nicht in den Händen, irgendwo hinter der Stirn, denn der Kellner reißt sich nicht los, der Kellner ruckt nur und atmet. Jonas unterbindet auch dieses Rucken, ja atmen, aber wie soll es weitergehen; Christine hält sich heraus, die anderen Gäste haben nichts bemerkt, ringsherum alles unberührt von dem Kampf, fast Stille, in der Ferne bloß ein startendes Flugzeug, bis zum Opernplatz dröhnt es. Halb gebückt steht der Kellner nun da, weiß im Gesicht, an der Lippe ein Bläschen; erst als er sich entschuldigt, läßt Jonas ihn los. Der Kellner geht, er geht wortlos, Jonas versteckt seine Hände, Christine findet sie, die Hände zittern, sie stürzen Christine in eine Art Machtrausch, wer, außer ihr, könnte ihn jetzt beruhigen, oder muß sie beruhigt werden? Jonas' Geschichte und dieses Packen des Kellners haben ihr angst gemacht, keine große, nur eine den Kreislauf und die Blase ein wenig belebende Angst, ihr Puls geht schnell, die Füße kribbeln, sie würde gern essen, würde gern küssen, ihr Rücken juckt, sie muß aufs Klo, Leider, sagt sie, muß ich noch einmal telefonieren, und springt auch schon auf, ihr Stuhl kippt zurück, Jonas kann ihn noch fangen, wie in Panik drängt sie sich an ihm vorbei, er spürt ihre Hüfte. Sag mir noch etwas, bittet er sie, und Christine legt den Mund an sein Ohr; Jonas hört einen Satz, am Ende sein Name, bevor er Christine, die Arme ein wenig erhoben, als könnte sie fliegen, wenn sie's nur wollte, ins Innere des Cafés laufen sieht.

Dein Wort, das hat fünf Buchstaben, wie Jonas, sprach ihm Christine ins Ohr, und kaum hörbar spricht er es nach, es füllt seine Lungen, sein Herz; voller Sorge, Christine hätte sich in der spätsommerlichen Luft einfach verflüchtigt, sieht er noch immer zum Café, bis jemand Lendl sagt in seinem Rücken und er herumfährt. Zwei zu sechs, eins zu sechs. Jonas bedeckt das Gesicht mit den Händen, Melbourne, Januar 88, erste Runde, Lendl trug diese weiße Wüstenmütze mit dem flatternden Nackenschutz, schon da sah er aus wie der Tod, kam auf den Platz und mähte ihn weg. Jonas öffnet ein wenig die Finger: drei Männer sitzen da, streiten sich über Spieler und Spiele – die US-Open müßten gerade vorbei sein, das hat er noch im Gefühl, den feuchtheißen Spätsommer von New York, dieses Fest von Flushing Meadows. Auch wenn er in der Vorrunde ausschied, blieb er unter den Tennisnarren, mehr als die Agonie des Glücks nach Siegen sind ihm jene überdrehten Tage gegenwärtig. Er verlor eigentlich gern dort, ja, vielleicht lag ihm verlieren überhaupt mehr als siegen, siegen kann jeder und danach sich blöde bedanken. Über ihn sagten die Kommentatoren, besonders nach Doppelfehlern, wenigstens: Ein recht nachdenklicher Jonas steht jetzt da unten. Einer erfand so etwas, und die anderen sprachen es nach, im allgemeinen waren diese Leute ja dumm, dazu neidisch, Jonas mochte sie nicht, vor allem nicht, wenn sie schrieben; von hundert Kritikern besaßen doch höchstens zwei eine eigene Meinung, die anderen schrieben ab von Kollegen und warfen ihm noch vor, daß er den Stil von McEnroe kopiere, als ob man sich bewegen könnte, wie man will! Sie waren wirklich dumm, außerdem eitel, ohne Gespür dafür, daß sie es waren, schrieben aber gern, er sei eitel, nur weil er sich das Stirnband immer wieder sorgfältig knüpfte, was doch nichts weiter war als ein Sekundenschinden vor dem nächsten Ball, eine

Atempause in der Unendlichkeit seiner Schwermut während eines nicht mehr zu rettenden Spiels. Aber davon ahnten Kritiker nichts oder verschwiegen es einfach, wie man eine Krankheit verschweigt, Jonas konnte diese Leute oft nur bedauern, er hatte mehr Geld als sie, er hatte mehr Frauen und mehr Haar, er spielte besser Tennis, daran gab es nun gar nichts zu rütteln, er war jünger und gesünder, durfte also länger leben, und sah auch noch sympathischer aus. Er war kein armes Schwein, er wußte nichts besser, er war besser, Schluß; er war es. Heute können sie ihn umpusten. In seinem Schlagarm, längst so dünn wie der andere, steckt keine Kraft mehr, geradezu lächerlich ist dieser Arm, den eine Hostess in Stockholm, Karen?, nach dem Achtelfinale, 3:6, 4:6 gegen Mecir, am liebsten verspeist hätte; und sein Haar ist grau und fällt aus, und locker liegt die Haut über den Wangen. Jonas schließt die Finger wieder, er möchte schlafen, damit Christine ihn wecke, aber es geht nicht, müde und doch wach sitzt er da, betrunken von nichts, während sie hinter ihm, oder ist das seitlich, über einen Wikkert reden, der jetzt etwas Großes im Fernsehen sein muß, am Ende der Sendung, sagt eine Frau, schließe der immer so väterlich die Augen. Den kennt dann auch die Christine, denkt Jonas und versucht hinter seinen Händen väterlich die Augen zu schließen, irgendwas muß er ja nun anfangen mit seinen Augen, und wenn so etwas gefragt ist, warum nicht so etwas lernen, den genauen Aufschlag hat er sich schließlich auch beigebracht, da hatte sogar Becker Respekt; der soll jetzt eine Art Bart tragen, erzählte ihm Kunkel, nie hat ihn dieser tennisspielende Wachtmeister in Frieden gelassen. Ein Satz, Jonas, ginge inzwischen an mich, erklärte er schon nach zehn Monaten; Kunkel bestand sogar darauf, ihm auf dem Basketballfeld im Gefängnishof einen Aufschlag zu demonstrieren, angeschnitten, und er sah einfach nicht hin, das war seine Rache.

Jonas hört plötzlich Lärm, er spreizt noch einmal die Finger, vor den Tischen des Operncafés stoppt ein roter Ferrari. Der Ferraribesitzer steigt aus, er trägt ein rotes Hemd mit der Aufschrift Ferrari, er setzt sich an den Tisch, der seinem roten Ferrari am nächsten ist und sieht von dort, fast mürrisch, den Passanten zu, wie sie in gebückter Haltung den Ferrari betrachten, Leuten, die, obwohl er sein rotes Ferrarihemd anhat, nicht ahnen, daß er, jetzt mit der Speisekarte spielend, Besitzer und Fahrer des roten Ferrari ist und ihnen beim Bestaunen zusieht, bis er auf einmal genug hat, aufsteht und fortbraust. Jonas schaut dem Wagen nicht nach. Licht, das von der Deutschen Bank zurückgeworfen wird, blendet ihn, er schließt die Augen; ringsherum ist es still, in der Ferne lärmt der Ferrari, oder hat er geträumt? Seit wann dürfen Autos auf den Opernplatz fahren? Er muß geträumt haben, bloß womit fing das an, gibt es Christine? Sollte sie nicht wiederkommen, wäre er von jetzt an allein, einer, der sich nachts in Hotelwannen den Schwanz wäscht; Aberhunderte von Nächten hat er in Hotels verbracht, ferngesehen, gegessen, telefoniert, das käme wieder, nur anders, ohne Blumen. Jonas dreht sich etwas. Zwei Tische weiter geht's noch immer um Tennis, ein Amerikaner ist jetzt wieder vorn, der erste seit McEnroe, Courier, Jonas will sich den Namen nicht merken, er schleppt noch viel zu viele mit sich, einen wahren Schweif, Krickstein, Mecir, Gilbert, Leconte; Wilander, Conners, Cobb; Cobb, selbst nie unter den Besten, schoß gegen ihn die umjubeltsten Bälle, wie Blitze an der Linie entlang, oft mit Glück, das einzig Angenehme, das er mit Cobb verbindet: Cobb schrieb ihm nie ins Gefängnis; aber unter Umständen erfuhr er vor lauter Tennis auch nichts von der Tat seines Gegners oder vergaß die ganze Sache während des nächsten Spiels wieder. Das ging. In einem harten Spiel erlosch alles Private. Jonas lehnt sich zurück, er sieht in die Sonne; sogar die Ella hat er auf dem Platz vergessen, die Ironie aus ihrem Mund, den schon sein Samen gefüllt hatte, War wohl gar nicht einfach, so schlecht zu spielen wie heute, sagte sie immer, er hat das nicht in sich vernichten können, ihr Gerede, und trotzdem, ein einziges Mal würde er gern noch unter Ellas Augen den Ball auf eine Bahn schicken, die für Bruchteile einer Sekunde den Lauf der Welt bestimmt.

Sein Kopf sinkt in den Nacken, die Hände rutschen ihm auf den Bauch, wie ein Sonnenanbeter sitzt er jetzt da, Mund geöffnet, ein kurzer flacher Schlaf und doch todähnlich, alles um Jonas herum geht weiter, nichts erreicht ihn. Ein Spatz pickt die Krümel zu seinen Füßen, Jonas wird es nie erfahren, ein Pärchen, eng umschlungen, geht an seinem Tisch vorbei, jenseits von ihm das schöne Bild. Und dann ein Zufall, die Urologin und ihr Rennrad, sie fährt damit über den Platz, auf dem hochgesteckten Haar eine schützende Hand, ebensogut könnte sie nicht über den Platz radeln; kaum ist sie fort, wird neben Jonas ein Tisch frei, und während der große Zeiger an der Hochhausuhr ein Stück weitergleitet, setzt sich das Pärchen. Jonas sieht nichts, Jonas merkt nichts, sein Herz versorgt ihn mit Blut, das ist alles. Der Spatz flattert auf, er macht Wind, den Jonas nicht spürt; das Pärchen küßt sich, die Füße verhakt, und in der Ferne startet wieder ein Flugzeug, Jonas hört nicht das Dröhnen, sowenig, wie er den Krieg hört, dem die Maschine mit Decken, mit Zelten entgegenfliegt. Jonas schläft, während Kinder auf Minen treten, Kinder treten auf Minen, während Jonas schläft und sich die Tennisrunde hinter ihm streitet, Becker am Ende / Becker nicht am Ende; ganz frei, ganz gelöst sitzt er da, frei und gelöst von Christine, von Ella, von Lendl, ohne Tisch, ohne Oper, ohne Hochhäuser vor sich, ohne Harndrang, ohne Fluglärm, ohne Welt. Erst als ein Wölkchen die Sonne verdeckt, öffnet Jonas die Augen. Er bewegt Kopf und Füße, er kratzt sich am Hals; hat er geschlafen? Kann sein. Er steht auf, er geht ins Café.

Das Telefon hängt im Untergeschoß, bei den Toiletten. Schon auf der Treppe hört er Christine, sie atmet tief durch; so sicher weiß er, daß dort Christine und keine andere durchatmet, als habe sie mit ihm auf der Zelle gelegen, nur warum sie so atmet, das weiß er nicht, aber das kann man sich denken, wegen eines Mannes, denkt Jonas und geht die letzten Stufen hinunter. Und beim Telefon steht Christine, der Hörer ist aufgelegt, sie raucht, sie schnauft, ihr Haar ist zerwühlt, wie nach der Liebe schaut sie aus, Jonas geht zu ihr. Sie nimmt seinen Arm, sie legt ihn um ihren Hals, er beugt sich über ihre Schulter und sieht seine Uhr. Die ruhige Zeit im Operncafé, wenig Kommen und Gehen, auch auf den Toiletten; Jonas und Christine, allein. Sie vermeiden jede Bewegung, bis Jonas Luft holt, fragen will, was geschehen ist. Christine legt ihm eine Hand auf den Mund, sie mag jetzt nicht reden, die Tante ist gerade gestorben, vor lauter Erleichterung weint sie, Später erzähl ich dir alles; und Jonas denkt an morgen, an die Zukunft, an eine Ewigkeit mit ihr. Christine zieht die Hand zurück. Dann drängt sie sich an ihn, vielleicht drängt er sich aber auch an sie, schwer zu entscheiden; aus beider Drängen oder Taumeln wird jedenfalls ein Seitwärtskippen durch die offene Tür der Herrentoilette, die Christine mit der Fußspitze hinter sich schließt, eine Geschicklichkeit, die sie sich gar nicht zugetraut hätte, die ihr den Mut macht, der nötig ist, eine der drei Kabinentüren aufzustoßen und sich mit Jonas in die Zelle zu bugsieren, wobei sie, wiederum geschickt, mit ihrer Schulter die Kabinentür zudrückt, um sie dann, eine Hand auf den Rücken nehmend, blind zu verriegeln, sechster Knoten.

Jonas und Christine auf engstem Raum, sie verschränkt die Arme, er bricht das Schweigen, so habe er oft in Toiletten gestanden, in den letzten Minuten vor einem Spiel, versucht, Ruhe zu finden. Christine sieht ihn an, sie streicht ihr Haar zurück, es ist im Nacken kurz und oben streng frisiert, ein Helm der Ohnmacht und Wut, wie jeder Herrenschnitt; sie entblößt ihre Ohren, die rot sind, durchbluteter als die Wangen, röter noch als ihre etwas schrägen, tränennassen Augen, röter sogar als die heftigen Lippen; auch Christine versucht nun, Ruhe zu finden, Sag, was war eigentlich vor deiner Ärztin? – Vor der Ella? Jonas wirft den Kopf zurück: Nicht zu beantworten. Vor der Ella, da ging er an spielfreien Abenden in Lokale, da ließ er sich von Studentinnen, die keine Pille nahmen, in Gespräche ziehen, da folgte er ihnen, tief in der Nacht, in ihre Wohnungen, in denen immer noch jemand wohnte, manchmal auch zwei oder drei, und in den frühen Morgenstunden machten sie's dann, irgendwie; nie hatte er herausbekommen, was diese Mädchen studierten, meistens war ein bißchen Philosophie dabei, dahinter verbarg sich dann Jura, vielleicht machte sie das so erwachsen, sie taten es gern, am liebsten bei Kerzenlicht, sogar Spielchen mit ihren Kerzen konnte er vorschlagen, und das alles zwischen Seminarpapieren und Illustrierten, wenn er da nur an München dachte, Elisabethstraße, den Namen hat er wenigstens behalten. Und war's dann geschehen, huschte die Studentin nackt aus dem Zimmer, so sah er sie dann auch mal von hinten, eilte auf Zehenspitzen durch den Flur – immer waren sie lang, diese Flure, und das Bad lag am Ende –, rannte fast, in der Furcht, irgend etwas könnte ins Zahnfleisch eindringen, ihr schönes Leben zerstören, traf womöglich noch auf einen Mitbewohner, den Patrick oder den Alex, oder wie die so hießen, spuckte alles ins Klo, desinfizierte sich und kam wieder, kuschelte und sprach über Adorno und Edberg, als lebten die auch in der Wohnung. So war das. Vor meiner Ärztin, sagt Jonas, war Tennis, nur Tennis, und da drängt es ihn, von der Schlacht von Paris zu erzählen, während Christine sein Ohrläppchen streichelt, vom Spiel gegen Cobb um den Einzug ins Finale, seiner ärgsten Niederlage unter den Augen der Ella.

Am Anfang lief es gut, sagt Jonas, 6:2 für mich, 6:3 für mich; dann wurde ich müde, verlor einen Satz, kam aber wieder im vierten, bis Cobb auf einmal vor sich hinsprach. Ich war das gewohnt, sein Gemurmel, aber diesmal war's lauter, ich verstand jedes Wort, wie ein

Verrückter oder Minister sprach er von sich in der dritten Person, Dem Cobb, sagte er, dem geht's heute gut und morgen noch besser, da steht der Cobb im Finale, und ich begann ihm zuzuhören und vergab bei 4:3 eine Rückhand, ich weiß noch, wie ich zum Ball stand, ausholte, dachte, der muß jetzt kommen, dann ist das hier bald vorüber, aber der Ball war zu kurz, und danach gingen mir zwei weitere Bälle ins Netz, während Cobb immer noch vor sich hinsprach, als könnte er damit die Netzkante anheben. Ich verlor dieses Spiel, ich verlor auch das nächste; ich verlor jeden Rhythmus und hörte Geräusche, die ich sonst nie auf dem Platz hörte, den Wind in den Bäumen neben dem Stadion, und Cobb bewegte sich kaum noch, er hatte ja diese Gewohnheit, wenn er einen kleinkriegen wollte, sich kaum zu bewegen, immer schien er zu wissen, auf welche einzig mögliche Weise ich seine Bälle zurückspielen konnte, und brachte es fertig, wie ein Galeriebesucher seinen Standort zu wechseln, der Vergleich stammt nicht von mir, die Ella formulierte das so. Cobb machte mit mir, was er wollte, ich war nur noch ein Häuflein Sand, das, vom Wind gescheucht, die Dünen herauf- und herabtanzt, sich zerstreut und wieder sammelt und dabei doch reglos bleibt in der Weite, auch das stammt von Ella; keinen Punkt holte ich mehr, bis es plötzlich 6:6 hieß, schlimmer hätte es nicht kommen können …

Christine unterbricht ihr Streicheln. Weshalb, fragt sie, und Jonas erklärt, wie ein Unentschieden im Tennis durchbrochen wird. Er erklärt es, wie man Regeln eines Kinderspiels erklärt, er vermeidet das Wort Tiebreak, er liebt sie. Natürlich wußte ich, wie viele solcher Runden ich schon verloren hatte gegen Cobb, neun von zwölf, Tennisspieler merken sich solche Zahlen, sie sind ihre Geschichte, ich erwarte also böse Minuten, aber dann wird daraus eine halbe Stunde. Als es 14:15 steht, da scheinen Cobb und ich allein zu sein, die Zuschauer sind verstummt, weil dort unten welche Laute ausstoßen wie Sterbende, die dem Leben noch eine und noch eine Sekunde abringen, noch einen und noch einen Ball, bis der Vorsprung auf einer Seite zwei Punkte beträgt und damit schlagartig der Tod auf der anderen eintritt, aber da waren wir noch nicht – ich wehrte den elften Satzball ab, mit einem Wunder, einem As, niemand weiß, wie die Bahn eines solchen Balls zustande kommt, wer das Gegenteil sagt, ist ein Lügner; und danach gleich ein Doppelfehler, als sei nichts von dem, was eben noch das Wunder bewirkt hat, übrig. Trotzdem rette ich mich bis zum Achtzehnbeide, ich weiß nicht mehr, wie, ich weiß nur noch: Cobb schlägt auf, mein Return berührt die Linie, ich sehe es, wie er es sieht, und doch, eine Sekunde später, der Aus-Schrei. Cobb schaut mich an, er erwartet, daß ich mich wehre, aber ich sage kein Wort, ich wechsle die Seiten, wähl den Ball für meinen ersten Aufschlag; die Stille im Stadion erschreckt mich, als ich den Ball nach oben werfe, ihn treffe und weiß, daß nichts mehr in mir ist, um weiterzukämpfen, ich stehe nur da, und Cobb spielt mir genau vor die Füße, trifft meinen Schuh, als spielten wir Völkerball; ich bin getroffen, scheide aus, während Cobb noch das Hemd wechselt vor dem letzten Satz. Und der dauerte dann keine zwanzig Minuten, an die ich mich kaum erinnere, alles um mich herum löste sich auf, ich glaubte mich völlig allein, lichterloh brennend, etwas, das mir nur im Freien passierte, nie in der Halle ... Christine macht Schscht, sie hält Jonas noch einmal den Mund zu. Jemand betritt die Toiletten, ein Mann mit pfeifendem Atem. Er geht in die entfernteste Kabine, er zieht sich aus, er läßt sich nieder; er zwingt zu einer Intimität gleichen Gewichts.

Christine verschiebt ihre Finger, sie befühlt Jonas' Mund, sie legt den Kopf in den Nacken, während der Mann seinen Atem in eine Art Marsch verwandelt und Jonas' Hand an ihrer Kleidung herabrutscht. Jonas greift Christine unter den Rock, er weiß nicht, ob sie das will, er weiß nur, daß er das nicht sollte, ihr einfach unter den Rock greifen, doch unaufhaltsam geschieht es, als säße dort jetzt, blind in der Spitze des Fingers, sein Ich; Jonas kann nur vermuten, was es da unter dem Nagel hat, was es da aufzieht, wie das Aufziehen vom Adventskalendertürchen fühlt sich das an, und da kam ja oft etwas Rotes zum Vorschein, ein Kerzchen, ein Apfel, wie rot mag die Christine da sein, im Gefängnis kursierten Muschis aus Gummi, schweinefarben, erbrochen hat man sich danach, da war der Mund des Mitgefangenen schon eher von Gott gegeben, ein einziges Mal verlor er in diesen Jahren die Nerven, plötzlich nahm so ein Schlanker, hinter dem alle herwaren, sein schmerzendes Ding, und er stieß ihn nicht weg, er blieb regungslos liegen, ein Tier, das sich totstellt, bis quer durch seinen Unterleib ein Stich zu gehen schien, wie von einer Nadel, die das Gegenteil von Schmerz verursacht; gepißt hat er geradezu in diesen Mund, beide Hände im Haar des Schlanken vergraben, und der ist dann aufgetaucht, hat im Frankfurter Dialekt genuschelt, Für jeden die Hälft, und ihn geküßt und es zurückfließen lassen, nie wird er dieses Bitzeln vergessen, nie die Minute, die verging, bis er es herunterbekam, dieses Würgen an sich selber, das ihn jetzt wiederhat: was er da tut, kann nur schlecht sein, wegstoßen wird sie ihn, anzeigen, doch statt dessen reibt Christine ihre Stirn an seiner und winkelt ein Bein ab, hebt die Ferse aus dem Schuh, seine Fingerspitzen scheinen zu ertrinken, Pardon, flüstert er, aber ich habe tausendeinhundert Tage lang keine Frau berührt, ich kann mich nicht erinnern, und Christine schließt seinen Kopf in die Arme, als sei so ein Kopf mit verblaßter Erinnerung aufrichtig zu bedauern; Jonas spürt diese Obhut, er vertraut sich ihr an, entschwinden will er in Christine, sein blindes Ich nimmt ihre Nässe auf, verteilt sie über den flaumigen Damm, bis zum After, mit Geräuschen, an die er sich wieder erinnert, wie von schnell tröpfelndem Wasser. Christine läßt ihn, sie löst sich nur etwas; sobald ihn ihr Blick trifft, zuckt er zusammen. Aber dann schließt sie die Augen, und Jonas sieht ihre Fältchen, wie sie sich krümmen, und das Verlangen, er weiß gar nicht, welches, trocknet ihm die

Kehle, nicht einmal sprechen kann er, bitte sagen, wer behauptet, man zerfließe vor Verlangen, war noch nie in seiner Lage, man erstarrt wie Gläubige in Kathedralen.

Er glaubt an Christine, je tiefer er in sie eindringt, desto fester, Schscht, macht sie noch einmal, so leise, daß er es kaum versteht, nur das Zittern ihrer Zunge, vor Bestürzung, das versteht er und die Geste dazu: Sie streichelt seine Hand, die ihr Verborgenes streichelt, das andere, Schöne hinter dem häßlichen Wort, Jonas weiß nicht mehr weiter, Christine hilft ihm, die Hose zu öffnen; ein Gewurstel ist das inmitten seidener Fäden, den Atem hält er jetzt an, gewärtig, daß alles vorzeitig platzt, ich liebe dich, denkt er, provisorisch, und kann nichts sagen, aber da bückt sich Christine, als hätte er etwas gesagt, bückt sich, soweit das geht in der Zelle, bückt sich, soweit sie selbst gehen kann, ihren Rock über die Hüften gerafft, die Wäsche, von Fessel zu Fessel, zum Zerreißen gespannt, und Jonas schreit, unhörbar. In schnellen, wie aus einem undichten

Schlauch austretenden Spritzern trifft es auf ihre Backen, im Nu ist alles vorbei, und Christine nickt, als habe sie nicht mehr erwartet, ja genau das gewollt, auf ihrem Sitzfleisch seine kleinen Bäche, für die sich Jonas nun schämt, wie für Wasser, das man nicht halten kann, die er auffangen will, ehe sie tropfen, womöglich auf Christines Schuhe, und wieder kommt sie ihm zuvor, erledigt das wie ein Stück Haushalt, während es zwei Zellen weiter raschelt; der Mann wischt sich ab, er verbraucht viel Papier, lauter einzelne Blätter, wie eine Frau. Endlich drückt er die Spülung, verschwindet mit pfeifendem Atem.

Christine weint; nun kann sie vom Tod der Tante erzählen, aber ihr fällt kein Übergang ein, naßgeschwitzt bis zu den Schenkeln steht sie da, entfaltet ein Taschentuch und schneuzt sich, nimmt den letzten Tropfen weg. So bin ich, sagt sie und tritt auch schon aus der Kabine, zu tun, was getan werden muß, den verwischten Lidstrich entfernen, die verweinten Augen trocknen, neue Lidstriche ziehen, die

Nase pudern, sich kämmen. Jonas, noch sprachlos, tritt neben sie, er atmet durch den Mund, er möchte ein Wort von ihr, die Besiegelung, aber Christine fährt ihm nur übers Haar, Besser, du wartest noch. In zwei Minuten kommst du nach. Jonas will ihr danken, er weiß nicht, wie, ja nicht einmal genau, wofür; während er noch überlegt, lenkt ihn Christine in den Vorraum und stürmt, als sei sie doch Alpinistin, die Treppe hinauf, stürmt durchs Café ins Freie und sieht auf Jonas' Stuhl einen alten Bekannten.

*

Roth, Mitte Vierzig, glückloser Autor, mit einer Erzählung namentlich aufgetaucht Ende der siebziger Jahre, schief angesehen von Anfang an, dazu laufend verwechselt, steuerte auf Jonas' Platz zu, als er, am Operncafé nur vorbeigehend, seinen langjährigen, nie geliebten Besitz, die Aktentasche, Geschenk des Vaters, auf einem der vorderen Tische entdeckte;

Roth, Internatsschwein (Christine), setzte sich und fing auf einem Blöckchen an zu notieren, Beobachtungen kleiner Dinge in der Art großer Autoren, suggestiv formuliert wie alle Plagiate; Roth betrügt, er hat immer betrogen, schon in der Schule, zeitgemäßen Protestanten ausgeliefert, frühe Sechzigerjahre, Fernsehwunder, blaue Wunder, Mädchenwunder; Christine, in derselben Anstalt, trug einen Schottenrock, den zu lupfen er nicht gewagt hatte bis Unterprima, von da an liefen die Dinge besser. Er lernte lächeln, machte Abitur, studierte; eben noch Internatsschwein, war Roth plötzlich Gesellschaftskundler, Frankfurter Schule, wohnhaft im Ostend. Zehn Jahre füllte er dort ein Zimmer mit unterlegenen Frauen, gestohlenen Büchern und einer Prosa, die niemand lesen wollte, außer den unterlegenen Frauen, aber auch niemand lesen konnte, weil sie in Organen erschien, die niemand las, bis ein Wunder geschah, ein Brief vom wichtigsten Verlag kam; danach, über Nacht, Autor, ein höfliches Ferkel, niedergemacht von denselben, die das Frühwerk später zum Maßstab erhoben, als Roth, inzwischen ins Grüne gezogen, Drehbücher für Komödien schrieb. Wenn Roth nicht am Schreibtisch sitzt, sitzt er im Kino, die wenigen Lücken gehören Frauen, jetzt überlegenen, darunter Christine; ein einziges Mal haben sie miteinander geschlafen, vor zwanzig Jahren, sie schon mit eigenem Zimmer, Fünftel einer Westendwohnung, Bockenheimer Landstraße, später geschleift, er mit Nische auf derselben Etage, eine unnötige Versuchung. Die ganze Welt hat sich seitdem gewandelt, nur nicht Christine, wo immer man in der Stadt über Gefühl spricht, fällt früher oder später ihr Name, aber er mag Christine, und Christine mag ihn. Einmal im Jahr, sechzehn Uhr, Café Laumer, erzählen sie sich stets das gleiche, bis Christine am Ende weint, weil auch die alten Zeiten im Café Laumer vorbei sind und Roth auf seinen großen Wunsch, Die kleine Liebe, kommt.

Christine. Noch etwas atemlos, begrüßt sie den fossilen Freund mit einem Kuß auf die

Stirn, kaum überrascht, ihn zu sehen, und berichtet von Jonas, bis Jonas, nach Ablauf der zwei Minuten, erscheint. Sie macht ihn und Roth miteinander bekannt, nennt Roth Alte Schule und küßt sich vor Verehrung die Fingernägel, nennt Jonas Neue Schule und küßt sich vor Verehrung die Fingernägel, und Jonas, an den Ohren noch warm von ihr, wird schwindlig; er hält sich am Tisch, er greift ins Arsenal seiner Gefängnissätze, Ich würde lieber schlafen, sagt er und nimmt auf dem dritten Stuhl Platz.

Wer würde nicht lieber schlafen, man sieht sich um und bedauert es, wach zu sein – Roth sieht sich um, er sieht zu der Tennisrunde – Männer mit Dreitagebärten, und tausend Kilometer von hier sind Dreitagebärte der Ernstfall! Roth greift nach der Karte, er empfiehlt den Hasen, die Ente, das Steak, er rät zu einem Barolo; er setzt sich durch, bestellt, dann wendet er sich an Jonas – Aufschlag, Totschlag, Aus, Christine hätte mir nichts zu erzählen brauchen, ich hätte Sie auch so erkannt, ich spiele selbst etwas Tennis, ich schlage gut auf, interessant ist ja: kein Schlag kann so lehrbuchwidrig gespielt werden, denken Sie nur an Edbergs extremen Griff – Roth beugt sich zu Jonas – Ihr Leben sollten Sie aufschreiben. Jonas schüttelt den Kopf: Er braucht keine Biografie, er braucht Christine. Oder Sie überlassen mir die Geschichte, sagt Roth. Der Kellner bringt den Wein und Bestecke, gewöhnliche Messer für Christine und Jonas, für Roth eins mit Holzgriff.

Jonas hat Angst vor dem Wein, er wartet mit dem Trinken auf Christine, er hält sich das Glas vor die Augen, sein Finger riecht noch nach Leben, er riecht wie Spucke, wenn sie auf der Haut erkaltet. Dann zum Wohl, sagt Roth, auf Ihre Geschichte, auf ein Comeback; Roth trinkt, Christine trinkt, Jonas trinkt, der Kellner bringt Brot und Butter, Roth lobt den Wein: stark sei der und doch einfach, so wie er selbst, so wie Christine, oder sehen Sie eine Intellektuelle in ihr? Dann würden Sie auf Christines Rauchen hereinfallen. Roth schmiert sich ein Brot, er beißt davon ab, er redet und kaut, Übrigens mag sie auch keine Intellektuellen, schon gar nicht im Bett; da unterhält man sich erst lang und klug, und dann taucht, völlig überraschend, dort unten dieses Stöckchen auf. Er berührt Christines Arm, Christine weint noch einmal, sie gibt Roth eine kleine Ohrfeige, Roth küßt ihr die Hand, sein Blick geht zu Jonas, Und trotzdem zählt Christine zu diesen Frauen, für die alle Berge der Liebe versetzt sind; sie glauben nicht an Wunder, sie hoffen nur, daß welche geschehen. Und Sie, noch Hoffnung?

Jonas antwortet nicht, er riecht an seinen Fingerspitzen, er schaut über den Platz, Christine, denkt er, während sich Roth wieder Notizen macht und ein Stillsteher vor dem Café seine Arbeit aufnimmt, Christine, denkt er verbissen; Roth schreibt jetzt nur wegen Jonas, der soll ihm zuschauen. Der Frankfurter Opernplatz feiert sich an diesem Septemberabend noch einmal selbst. Natürlich kann sich ein Platz, auch ein wahrhaft schöner, wovon dieser hier weit entfernt ist, nicht selber feiern, doch die, die ihn bevölkern, können tun, als habe er keinen einzigen Makel, als sei er der Piazza Navona oder der Plaza Major ebenbürtig, deren Nachteile niemand verhehlen würde, weil die Schönheit offensichtlich ist, notiert Roth und legt dann das Blöckchen zwischen Jonas und sich, wartet ab. Aber Jonas, schon im Rückstand dem Gefühl nach, 0:4, Aufschlag Roth, sieht zu dem Stillsteher, der in einer Art Bittstellung verharrt, die eine Hand leicht geöffnet, die andere schützend in Höhe des Magens, wobei er starr geradeaus blickt, ohne zu blinzeln, ohne sichtbar zu atmen, vor aller Augen eine Folter, und Jonas schaut auf das Treiben am Brunnen, auf dieses Leben, das ihm fremd ist, inzwischen, auf all die Menschen, die von heute sind, so scheint es, und nicht mal mehr von 89, als er noch dabei war, schaut ihnen zu, wie sie da sitzen, mit Stumpf und Stiel, teils barfuß, vor sich die Tageszeitung oder Allgemeine, bis der Kellner wiederkommt, den Hasen, die Ente, das Steak bringt.

Roth schneidet sich gleich ein Stück Fleisch ab, Sie müssen meine Situation verstehen, sagt er zu Jonas, es wimmelt von Roths, eine gute Novelle, und ich gehöre zu den ersten zehn Roths. Er schiebt sich das Stück in den Mund, er beugt sich kauend zu Jonas, Nicht alle Frauen sehen das gern, wenn Männer essen, sonst hätte Christine wahrscheinlich ein Kind; seit fünfundzwanzig Jahren verhütet sie, solange kennen wir uns. Er sucht Christines Hand, er erkundigt sich nach der Tante, Christine bricht für einen Augenblick in Tränen aus. Sie erzählt, was geschehen ist, Roth drückt ihr die Hand, er bietet seine Begleitung an für das Begräbnis, er wendet sich erneut an Jonas. Auf welchem Platz standen Sie zuletzt, vierzig, fünfundvierzig, kann das sein? Also etwa meine Position unter den Roths; jeder Roth schreibt, und Leute wie Christine schweigen; hat sie von ihrem Kinderkäfig erzählt? Bei Gott ein Roman. Roth legt seinen

Arm um Christine, er massiert ihr die Schulter, Christine schließt die Augen.

Vielleicht mag sie dieses Quetschen und Reiben, vielleicht duldet sie's nur, Jonas kann das nicht entscheiden, er schaut woanders hin; starr sitzt er da und schaut zum Brunnen vor der Oper, sieht all die Pärchen, Gaukler, Unbeschwerten und haßt sich; Ihre Ente, sagt Roth, wird ganz kalt, Jonas hört es von fern: den jüngsten Tag wünscht er sich oder Christine, damit alles ende oder so werde wie früher. Früher – er weiß kaum mehr, wann – liebte er die Welt der Straße, ihm schauerte, wenn er abends, in fremden Städten, zwischen unsteten Lichtern ging, wenn ihm Zeitungsverkäufer die Schlagzeilen des Tages hinstreckten, nie ließ ihn das gleichgültig, was da gemeldet wurde, – ein Mensch sitzt auf dem elektrischen Stuhl, ein Hotel steht in Flammen, die Erde bebt; jetzt schauert ihm nur bei dem Gedanken, an diesem Brunnen vorbeigehen zu müssen, wenn der Abend beendet ist, wenn Christine und ihr Liebhaber aufbrechen, gemeinsam die Nacht zu verbringen, nur so kann sich Jonas das vorstellen: sie unter Roth, die Beine angezogen, in einem Taumel nach dem Tod der Tante, dem Taumel, der schon auf dem Klo begann. Er möchte aufstehen, Christine schütteln, aber Roth neigt sich, vertraulich, zu ihm. Und ein Roman ist bei Gott auch, was Sie erlebt haben, Aufstieg und Fall, Ruhm und bitteres Nichts, jemand sollte das erzählen, es wird sonst vergessen, es wächst Gras darüber, wie über diesen Ort hier – Roth deutet um sich – Gras gewachsen ist; vollkommen anders war das hier mal, der erste revolutionäre Laden der Stadt, das Libresso, befand sich an dieser Stelle, an der nun die Börsenjungs sitzen, dafür heißen andere Cafés in den Vororten, wo sich die letzten von damals sammeln, Ossietzky und Tucholsky, diesen Armen läßt man keine Ruhe; seien Sie froh, daß Sie das alles verpaßt haben, samt dem Erstarken der Frauen, Frauen sehen und hören heute alles, nie waren Männer bloßgestellter, und doch muß man zugeben: ohne Frauen gäbe es keine Romane, nur sie verleiten die Begabten, ins Blaue zu erzählen. Und dann gebären sie die Kinder, ertragen diesen ganzen Schleim, Breichen und Bäuerchen, Pippi und Kacka und das Geplärr und das alles bei ihrer Intelligenz, Gott ist eben doch gerecht – glauben Sie an ihn? Ich denke, er verbirgt sich in Mysterien wie der Zahl Pi, einige Millionen Stellen hinter dem Komma beginnt sein Zuhause, dort hat er all das ausgetüftelt – Roth legt Messer und Gabel ab, er neigt sich noch weiter zu Jonas –, dort schuf er das Hirn und die Fotze, zuviel für unseren Horizont, der entweder klein oder trügerisch ist; wenn wir in klaren Nächten zum Himmel sehen, sehen wir ein vergangenes Stadium des Universums, und wer weiß, ob Christine Christine ist. Roth hebt die Hand und drückt sie an Christines Wange, Christine schaut zu Jonas. Man muß ihn reden lassen, sagt sie, er redet, weil es nichts mehr gibt, das eine Frau im Bett für ihn tun kann. Sie schiebt Roths Hand wie ein Haustier beiseite, Roth hebt sein Glas: Christine möchte damit sagen, daß sie die einzige Frau auf der Welt ist; so gesehen, hatte ich alle Frauen dieser Welt. Roth spielt an Christines Ohr, Christine nimmt sich eine Zigarette, Jonas will ihr Feuer geben, Roth will ihr Feuer geben, beider Uhrbänder stoßen aneinander, fast neun ist es, sieht Jonas, ehe sich, schmerzhaft, ein Härchen unter dem fremden Band fängt und er die Hand zurückreißt, Roths Messer greift und die Bewegung macht, die er im Leben unzählige Male gemacht hat, wenn er den Ball mit der Rückhand die Linie entlang spielen wollte: ansatzlos zieht er durch und sieht Roths Kehle durchtrennt, ein roter Schwall ergießt sich auf den Tisch, die Teller, die Reste; Christine stößt einen Ekellaut aus, während Jonas, geradezu förmlich um Entschuldigung bittend, aufsteht und geht, rückwärts zunächst, den Stillsteher rempelnd, um sich dann umzudrehen, zu rennen, schnell und mit Übersicht, wie in den besten Zeiten, um die Pärchen Haken schlagend, bis zu den Grünanlagen und weiter, von keinem behindert, obwohl jetzt Rufe über den

Opernplatz schallen, Rufe, die Jonas nicht hört.

Der Ort der Süchtigen ist leer, Polizei war gerade da, die Süchtigen haben sich zerstreut, der Ort glitzert von Scherben und Lachen, zwei Feuerstellen rauchen noch, dazwischen ein Bürostuhl ohne Lehne; vor dem Stuhl ein Schirm, daneben ein Hundeball und überall das Konfetti der Kippen und Spritzenhüllen. Schweißnaß vom Laufen setzt sich Jonas auf den Bürostuhl, dreht sich ein wenig, was da noch so alles liegt, die Bild-Zeitung vor einem Busch, schon wieder der Riese in Form von riesigen Buchstaben, und gleich darunter, kaum kleiner, Becker, Hochzeit in Weiß? Dann ein Einkaufswagen und eine lange Bahn aus Klopapier, fast eine Grundlinie. Dahinter picken Tauben in rötlichen Pfützen und Kot; sie zu berühren, diese Pfützen und Klumpen, sie in sich aufzunehmen wäre das Schlimmste, schlimmer als lebenslänglich, unverwundbar machte man sich damit, Jonas sieht sich um. Er ist der einzige Mensch weit und breit, er hat keine Angst mehr; man muß keine Angst haben, wenn man der einzige Mensch weit und breit ist. Jonas weiß, was er getan hat, durchgezogen hat er und getroffen, geklirrt hat es und gespritzt, eine Riesenschweinerei, das Tischtuch rot, Christines Rock rot, kaum hat er ein Messer, sticht er zu, wird es heißen. Jonas weint, er ist müde; wie um sich aufzurichten, sieht er zu den Türmen der Deutschen Bank und sieht daher Christine nicht: dort, wo der Rasen noch gepflegt wird, betritt sie die Anlagen. Langsam dreht er sich auf dem Bürostuhl, wie er sich als Kind auf Klavierhockern gedreht hat, entschlossen, nie mehr etwas anderes zu tun, als sich so um sich selbst zu drehen, dreht sich Richtung Schillerdenkmal und übersieht am anderen Ende der Anlagen noch eine Frau. Sie wartet dort, auf ein Rennrad gestützt, den Rückstrom der Süchtigen ab, die sie seit Tagen fotografiert.

Wind kommt auf und verschiebt die Papierbahn, Jonas löst sich von dem Stuhl, er nimmt den Schirm, den Ball, first set, Jonas to serve, sagt Mr. Kaufman von seinem Thron herab, wie das Gute-Nacht-mein-Schatz am Kinderbett sitzt ihm das noch im Gedächtnis, und Jonas stellt sich zur Linie, still wird es auf den Rängen, er wirft den Hundeball mit der Linken, so wie es sein sollte, hoch über den Kopf und doch leicht versetzt, während er in die Knie geht, ausholt mit dem Regenschirm, all sein Gewicht in den Schlag legt und ein Stück aufspringt, den Ball genau mit der Krücke ins andere Feld schlägt, weshalb, er weiß es nicht. Fifteen-love, Wimbledon, Herrenfinale, sein Endspiel, im Halbschlaf, so würde er, schon künstlich beatmet, die letzten Tage des Lebens verbringen, es endlich können, dämmernd in einem orangenen Nebel mit grünem Feld in der Mitte, dem Centre Court, und einem silbrigen Fleck am Rande, dem Haar der Herzogin von Kent; Jonas spürt das nicht auf sich zukommen, es ist schon da, er sammelt sich, er sucht die Herzogin, waffelfarben, alterslos, so müßte sie in ihrer Loge sitzen, aber da sind bloß die Büsche am Rande des Felds, er steht auf dem Platz der Süchtigen, ihr Turnier ist unterbrochen, nur eine Fotografin treibt sich noch herum, Jonas sieht sie nun von weitem, rasch, wie Christine, nähert sie sich, ihr Rennrad schiebend, alles scheint von vorn zu beginnen, ruckartig bückt er sich nach einer Nadel; Jonas will sich den Ärmel hochkrempeln, da kommt Gewimmer aus einem der Büsche, Jonas schaut auf: Eine Frau im Turnanzug gräbt mit den Händen im Boden, immer hastiger, immer wimmernder gräbt sie, findet nicht, was sie sucht, und er denkt, sie werde den Verstand verlieren, schreien, schreiend das Feld betreten, sein Spiel stören; denn nach und nach wagen sich die Süchtigen wieder hervor, um gegen ihn anzutreten. Alle haben sie ihre Ausrüstung dabei, zerdrückte Büchsen, krumme Löffel, Kerzen, alle tragen sie Binden um die Gelenke, als menstruierten sie dort; an ihrer Spitze die Fotografin.

Jonas weiß nicht, wo er hinsehen soll, er sieht auf die staubige Nadel in seiner Hand, er sieht zu der Frau, die jetzt innehält, nicht mehr gräbt; statt dessen läßt sie die Hosen herunter, geht in die Hocke, Jonas mag das nicht mit ansehen, aber das Wegsehen mißlingt, als halte ihm jemand den Kopf, und so sieht er die Fotografin, herangeeilt auf dem Rad, wie sie die Hockende fotografiert, deren weißen, erbebenden Leib; Jonas sieht sie gegen Menschenrecht verstoßen, so wie die Ella, als sie mit dem Galeristen ankam, gegen Menschenrecht verstieß, er schlägt seinen Ärmel zurück, Schweiß läuft ihm in die Augen, aber auch ohne das sähe er nichts von Christine, die jetzt einen Bogen macht um die Fotografin und ihr Motiv, dadurch zu spät kommt. Schon hat sich Jonas die Nadel in den nichtsnutzigen Arm gedrückt, hat den Stich kaum gespürt, ist das Schlimmste erst da, ist es bereits wieder fern; er genießt diesen Beginn des Erlöschens, wie er im Gefängnis den Moment des sich Schlafenlegens genoß, die winzigen, zu allem fähigen Gegner sind schon vom fremden Blut auf seins übergegangen, ihm verbunden, wie Doppelpartner, für Jahre, um dann, über Nacht, die Seiten zu wechseln, ihn allmählich zu vernichten, ohne daß er mehr dagegen tun könnte als heroisch sein, wie in der Niederlage gegen Cobb. Jonas hat es beinahe zu Ende gedacht, da erkennt er Christine, während die Fotografin offenbar ihn erkennt, zwei Rufe, Christine / Jonas, überschlagen sich zu einer Art Warnschrei, die Süchtigen zerstreuen sich wieder, übrig bleiben die bekannten Personen – abgesehen von der Bebenden im Gebüsch –, beobachtet von einer weiteren; Roth, weinbefleckt, macht sich Notizen auf seinem liliputanischen Block.

Die Fotografin – groß, mit früh ergrautem, hochgestecktem Haar, fast vornehm in dem Schmutz, den sie festhält, als führe die Herzogin von Kent ein Doppelleben – hängt ihre Fototasche ans Rad und geht, das Rad schiebend, zu Jonas. Mein Gott, sagt sie und flucht dann, wie die Herzogin nie fluchen würde: mit einer einzigen Bewegung, so schnell, wie er das Messer führte, öffnet ihr Jonas ein Ventil, während

Christine auf seinen Arm zeigt, fragt, ob das eine Nadel sei, die hier gelegen habe. Und mit seinem Schweigen endet die Zeit mit Christine, wenn nicht überhaupt Jonas' Zeit, alle Knoten lösen sich. Mit zwei, drei Sätzen, den Arm gestreckt, als müßte er einen Stoppball erreichen, ist der Entlassene bei der Frau im Gebüsch, hockt sich zu ihr; nichts will er mehr, nur jenes Blut, nur jene Schande, bis zum Schluß.

(Frankfurt am Main, 1992/93)